L'envol

DU MÊME AUTEUR

Aux éditions du Rocher
La Cinquième saison, roman
Un été pour mémoire, roman
Le bonheur – tableaux et bavardages, essai
Le Buveur du temps, roman
Le Miroir de ma mère, roman
(souvenirs, avec la collaboration de Marthe Delerm)
Autumn, roman
Prix Alain-Fournier, 1990
Les Amoureux de l'Hôtel de ville, roman
Mister Mouse, roman
L'Envol, nouvelle
Sundborn ou les jours de lumière, roman
Prix des Libraires, 1997
Prix national des bibliothèques pour tous, 1997
Le Portique
Enregistrements pirates

Aux éditions du Champ Vallon
Rouen, collection « des villes »

Aux éditions Gallimard/l'Arpenteur
La Première Gorgée de bière et autres plaisirs minuscules
La Sieste assassinée
La Bulle de Tiepolo
Dickens, barbe à papa et autres nourritures délectables

Aux éditions Gallimard Jeunesse
Elle s'appelait Marine
En pleine lucarne

Aux éditions Stock
Les Chemins nous inventent

Aux éditions du Mercure de France
Il avait plu tout le dimanche
Maintenant, foutez-moi la paix !

Philippe Delerm

L'envol
suivi de
Panier de fruits

Illustrés par Stéphane Girel

Librio
Texte intégral

Entrée libre

Il y a deux sortes d'images. Il y a les images « Défense d'entrer » et les images « Entrée libre ».

Si vous intéressez l'œil des gens, s'ils comprennent que l'entrée est libre, ils entreront dans l'image comme par une fenêtre ouverte. Vous inventez des images et les gens les comprennent. Ils s'y installent comme chez eux. Le temps d'y vivre un peu.

Philippe entre et sort de mes images parce qu'il s'y sent chez lui. Parfois, il y entre pour y écrire un livre. Il s'assied sur une colline. Il regarde autour de lui. Il s'envole dans l'espace imaginaire d'un monde qui m'est inconnu et dont il devient l'explorateur. Il y rencontre des vaisseaux fantômes ou des hommes qui volent au-dessus de villes uniformes auxquelles ils échappent comme des oiseaux poussés par le vent du hasard.

En écrivant *L'envol,* comme une longue lettre qu'il m'adressait sans me connaître, il a donné un sens à des images qui attendent tout des autres. Même la rencontre d'un ami qui continue d'écrire des livres qui, eux aussi, attendent tout des autres.

Des livres qui veulent dire « Entrée libre ».

Jean-Michel FOLON

Se taire avec des mots

J'ai commencé à écrire... Comment dire... dans... par... l'univers de Jean-Michel Folon il y a longtemps déjà. Ses images m'avaient parlé en silence, m'avaient invité à les rejoindre.

Comme dans *L'envol*, il s'agissait bien d'une exposition au Musée Ingres, à Montauban. À l'époque, j'avais perdu des gens que j'aimais bien. Dans les ciels de Folon j'avais vu aussitôt une chance de les retrouver, de voler, de nager avec eux dans un espace grave et doux. « Entrée libre ». Oui, c'était facile de passer de l'autre côté du papier, de rencontrer cet étrange personnage pataud, en pardessus et en chapeau, qui marche dans le sable des déserts, dans le sable des villes. Solitaire, anonyme, mélancolique surtout. J'aime la mélancolie de ce passant. Il n'a plus aucune de ces prétentions du paraître qui nous amenuisent tant dans la vraie vie, nous contraignent à cacher nos blessures, nos tristesses. Le personnage de Folon en pardessus et en chapeau est le plus accueillant qui soit. On peut se taire près de lui, on peut marcher ensemble. À l'horizon se lève quelquefois un œil comme un soleil ; alors on se dirige vers cela mais sans jamais s'en approcher. Tout ce qui compte est de se taire ensemble et d'avancer. On n'est pas étonné de croiser avec lui des oiseaux qui nagent et des poissons qui volent. On est dans un envers et dans un au-delà. En même temps, rien n'est changé, c'est simplement un monde un peu plus pur, où l'on retrouve avec un goût d'épure, avec un goût d'eau pure, les gestes lents qui nous manquaient.

Il y a quelques années, Jean-Michel était venu habiter d'une façon étrange les écrans de la télévision. Il paraît que ça s'appelle un générique. Le mot est un peu dur pour qualifier cet étrange ballet qui venait au cœur de la nuit, juste à la fin des émissions. Le pataud personnage en pardessus y rencontrait des compagnons. Ils s'envolaient ensemble, si heureux tout à coup de se sentir délivrés de la pesanteur. Il y avait une émotion presque palpable dans cette amitié née de l'envol et du silence à partager. Ce ciel de l'amitié sereine était aussi réel, puisqu'on le voyait s'incarner dans les limites de l'écran. Pourtant, bien sûr, le ciel de Folon était tout le contraire de ce que l'on venait de voir, le contraire du catastrophisme des informations, le contraire de l'enjouement factice des publicités. En s'envolant avec l'homme au chapeau si lourd de peine, on se sentait lavé du monde.

C'est ça, je crois, les images de Folon. On passe de l'autre côté pour mieux rester ici ; on se détache en apparence, mais c'est juste la distance qu'il faut pour se trouver, dans le silence.

Dans le silence. Alors oui, c'est un peu curieux de vouloir retrouver Folon sur le chemin des mots. J'ai bien conscience de cette contradiction, mais c'est plus fort que moi : mes mots rêvent de son silence. Et quelque chose en moi qui ne sait pas nager, qui ne sait pas voler, veut flotter avec d'autres solitudes, en pardessus et en chapeau. Dans les limites infinies de l'écran.

L'envol

Il s'appelait Delmas et les gens ne le voyaient pas. Un nom méridional dans une ville du Midi ; c'était trop à ses yeux, bien trop de soleil et d'éclat. Il y a des Meyer à Strasbourg, des Le Guen en Bretagne, destins promis d'avance à une paix conforme au paysage. Lui s'appelait Delmas, comme tant d'autres à Montauban. Comme tant d'autres, il appréciait la douceur de sa ville, l'orange de la brique et la fraîcheur des rues étroites. Il en aimait aussi les brouillards de l'hiver, quand les touristes ont disparu sous les cornières de la place Nationale, les caravanes au bord du Tarn. Il aurait pu être heureux dans ce décor tranquille. Mais il n'était pas fait pour le bonheur, et pas même pour le malheur.

Il menait solitaire une vie maladroite, empêtré

dans ce corps qu'il s'était résigné à endosser comme un vêtement trop large. Celui qui renverse son verre, au restaurant ; le premier de la file à n'avoir plus de place, au cinéma ; celui devant qui l'employé de la banque ferme l'agence, à cinq heures moins une, la veille du week-end — c'était lui. Lui encore ce piéton interdit que le chauffard frôle en brûlant le feu rouge, et qui bat en retraite, heurte en reculant une dame qui l'injurie. Petits incidents de hasard, qui auraient dû glisser sur lui. Mais il appelait le hasard. On se cognait à lui sur les trottoirs, on maugréait impunément, comme on jure à part soi contre une porte difficile, un pied de table qui dépasse. On ne le voyait pas ; on ne l'avait jamais vu. À l'école déjà, on l'oubliait. Ni bon élève ni mauvais, il était seulement celui qui tombe du portique, au cours d'éducation physique, et en travail manuel casse la lame de la scie à métaux. Il n'était rien qu'une entrave pour les autres, et pour lui-même...

Un pardessus gris muraille l'hiver, et puis l'imperméable terne qui l'engonçait jusqu'en juillet. Dans cette ville si pimpante, où les boutiques de mode pour homme affichent un luxe italianisant, ses vêtements le cachaient plus qu'ils ne l'habillaient, jusqu'au petit chapeau étroit et démodé qu'il troquait en été contre un béret. Aucun ridicule apparent ne justifiait cette excessive discrétion. Mais son corps semblait lui peser. Un corps comme étranger à son propriétaire, un corps massif et mou qui n'avait rien de la joviale corpulence des joueurs de pétanque, ni de la densité des joueurs de rugby. Plutôt une enveloppe gênante, dont il disposait gauchement, comme pour révéler un plus impalpable malaise.

Sa vie, pour solitaire, n'avait rien de tragique. Il travaillait à la nouvelle préfecture, habitait dans le quartier Villebourbon près de la gare un immeuble confortable. De cette existence si effacée, on savait peu de chose : la mort d'une mère très âgée, quelques années auparavant, et pour ses voisins les plus proches des habitudes sages, le cinéma le samedi, des promenades à pas gourds dans le Jardin des Plantes. Ses voisins, ses collègues, les commerçants du quartier l'appelaient M. Delmas. Non par respect, mais comme pour souligner cette distance qui semblait le séparer des autres — peut-être de lui-même.

Il pleuvait, ce jour-là. Une pluie tiède et fine un peu étrange en ce samedi de la fin de juin. M. Delmas était sorti très tôt, l'après-midi. Il aimait bien les pluies d'été qui donnent à la ville plus d'espace, des odeurs déjà fortes sous les marronniers, moins d'exubérance estudiantine dans les rues. La ville était un peu à lui, les jours de pluie, à lui cette mélancolie légère et parfumée. Il y pesait moins lourd, dans cet itinéraire tant de fois remonté : le Pont-vieux sur le Tarn, avec une halte rituelle au milieu pour observer les pêcheurs en contrebas, au loin le centre-ville un peu plus rose sous l'averse. Ses pas le menaient ensuite au hasard des ruelles — rue Fraîche, rue des Carmes — jusqu'à la place Nationale. Il goûtait la grâce florentine de cet endroit comme coupé du monde, semblable à la cour intérieure d'un palais médiéval, avec ses fenêtres voûtées, cette tonalité chaude de la brique ombrée. Il aimait plus encore, sous les cornières, des boutiques d'un autre temps : une droguerie désuète, dont la vitrine semblait déjà sentir la cire, et cette quincaillerie surannée qui faisait ses délices : théories de casseroles en cuivre, cafetières d'émail rouge, couteaux Opinel de toutes tailles — comme s'il y avait encore dans la région assez de vieux paysans pour se lever de table en essuyant la lame sur leur pantalon de velours côtelé. Chaque samedi le ramenait là, devant deux ou trois devantures d'un autre âge, et il passait de l'une à l'autre plusieurs fois. Le reflet de la vitrine trahissait sur son visage un étonnant petit sourire satisfait, comme s'il trouvait là une opulence de son goût, comme si le sommeil confortable de tous ces objets pratiques réconfortait sa maladresse.

La pluie redoublait. Il s'attarda devant « ses » vitrines, finit par sortir de sa poche *La Dépêche*. Au Rio, on passait un policier qu'il avait déjà vu, un film de guerre au Novelty. Il releva la tête avec cet air doucement consterné qu'il prenait si souvent. Sur la porte du quincaillier, l'affiche de l'exposition attendait son regard.

CAFE DU SIECLE
BUTAGAZ
CAMPING
gaz

FOLON
Musée Ingres, Montauban
du 25 juin au 5 septembre

En dessous des lettres, un curieux oiseau svelte à tête d'homme le dévisageait. Le rose et le vert pâle de l'affiche allaient bien à la brique du magasin. Le regard de l'oiseau lui parut à la fois très vague et insistant.

La route de retour vers le Pont-vieux passait devant le musée. Il n'aurait su dire s'il rentrait chez lui ou s'il allait à l'exposition. Depuis combien de temps n'était-il plus allé au musée Ingres ? Sa mère l'y entraînait au temps de leur vie commune, et s'extasiait sur la lumière des peintres de l'école de Montauban, sur les sculptures de Bourdelle. Lui suivait, acquiesçait mollement, s'ennuyait ferme. Il ne connaissait rien à la peinture, respectait sans la partager l'admiration maternelle pour les corps musculeux de la salle des statues, les corps diaphanes et affalés des dessins d'Ingres. Le nom de Folon lui rappelait seulement un vieux générique de télévision qu'il aimait sans savoir pourquoi. Oui, tout à fait à la fin des émissions, quelques années auparavant, on voyait d'étranges personnages quitter la Terre pour se mettre à voler dans l'espace, sur fond de musique sidérale et douce.

— Tu vas te coucher ?

C'était au tour de sa mère de ne pas comprendre la fascination qu'exerçaient sur lui ces images naïves et inutiles, que ne suivaient aucun espoir de film ou de reportage. Mais lui, c'était comme s'il en avait besoin, chaque soir, comme si la quiétude de la nuit dépendait de ce curieux ballet. Depuis, le générique avait disparu, sa mère était morte, et il avait donné le poste de télévision aux pèlerins d'Emmaüs.

Il entra au musée. Peut-être pour retrouver une atmosphère bien connue, ces salles au plafond bas, voûté, aux murs de brique : une fraîcheur orangée, du silence, et par les fenêtres ogivées un joli coup d'œil sur le Tarn, et plus loin son quartier. Dans ses visites un peu forcées d'autrefois, il s'arrêtait souvent devant ce paysage, pendant que sa mère admirait les merveilles de l'art.

D'emblée, il revint se poster devant une fenêtre. Il y avait beaucoup de monde ; la pluie, et puis la nouveauté de cette exposition ouverte deux jours auparavant. Il regretta d'abord son choix, et se sentit gêné par une foule assez jeune et bourgeoise. Immobile devant le panorama, il entendait dans son dos des commentaires ostentatoires, des récriements. Tout près de lui, une jeune femme à la voix suraiguë n'en finissait pas de disséquer ses états d'âme. Il attendit qu'elle fût partie et, à la fois furieux et intrigué, vint se placer devant la toile qui suscitait tant de sensibilité offerte. Il était prêt à hausser les épaules devant l'abstraction d'un tableau trop moderne pour lui.

Il n'y eut pas de choc, pas de surprise. Mais tout de suite, il oublia la foule, et se sentit glisser dans un vertige plutôt agréable. Il lui sembla qu'il ne s'arrêtait pas à quelques centimètres de la toile, mais continuait à avancer malgré lui. Dans son dos, les bavardages s'estompaient peu à peu, se diluaient en buée sonore, élargissaient l'espace. À droite du tableau, une main amicale ouvrait pour lui un voile bleu d'opale. Derrière commençaient des collines très douces : un monde l'attendait. Il marcha longuement, de ce même pas long si incertain sur les trottoirs, mais qui trouvait soudain sa raison d'être ; il marcha voluptueusement pour la première fois, descendit, remonta des collines d'un sable étrange qui ne s'enfonçait pas — ou bien c'était son corps qui ne pesait plus, désormais. Un sourire involontaire lui venait ; il ne pensait plus à rien. Dans sa tête, un grand vide l'attachait à l'espace ; il devenait sa marche, à chaque pas plus ample et lente, plus accordée à ce décor cotonneux et solide. Combien de temps erra-t-il ainsi avant de relever la tête ? Juste au-dessus de lui, dans un ciel rose et sable, une bulle dansait. Une bulle, une terre... Légère comme une bulle de savon, mais grave et chargée de souffrance, comme une planète habitée. À l'intérieur, une silhouette appelait, les bras au ciel, tendait sa détresse étouffée au silence d'un regard. Il écouta longtemps cet appel.

Plus tard, l'employé qui gardait la salle se souvint de son inquiétude devant l'immobilité de M. Delmas. Il affirma l'avoir vu rester plus d'une heure devant le même tableau, au point de s'approcher de lui et, devant son air hébété, de lui demander s'il n'avait pas de malaise.

— Il m'a regardé comme si je tombais du ciel, et au bout d'un moment, il m'a demandé le nom du tableau. Moi, j'aime bien rendre service, mais les cinglés, je les fréquente pas ! Je lui ai dit qu'il était écrit en dessous, le nom.

Le Cri. M. Delmas retomba un peu sur la Terre, en découvrant ce titre court, aigu, qui lui déplut ; il revenait d'un long voyage où les mots ne comptaient plus. Un rayon de soleil oblique traversait la salle, comme pour mieux le laisser avec son étrange révélation — comme si lui seul était fait pour habiter ce monde d'aquarelle. Dans une presque solitude bienheureuse, il longea toutes les toiles exposées ; il vit qu'il ne s'était pas trompé, se consola de la fermeture toute proche du musée en se disant qu'il reviendrait, et que dans un nouveau silence d'autres images l'attendraient.

Quand il se retrouva sur le trottoir, rue de la Mairie, il sentit bien qu'il n'était plus le même. Il n'avait plus le temps ni l'âge d'expliquer. Le soleil était revenu, luisait sur le trottoir mouillé. L'air lui semblait léger ; léger son corps, légère sa démarche. Au lieu de prendre le chemin du retour, il se surprit à regagner le centre-ville. Pour la première fois, il marchait sur le bord même du trottoir, comme un enfant s'imaginant le vide sous ses pas, un précipice étourdissant de part et d'autre de la mince bordure. Il faisait chaud. L'imperméable jeté sur l'épaule, il avançait, les bras en balancier, aux lèvres un sourire inconnu. Quelques passants se retournèrent, étonnés, amusés. Jamais les marronniers n'avaient senti si bon... Près du Jardin des Plantes, il s'intéressa un moment aux joueurs de pétanque qui l'horripilaient d'habitude par leur convivialité tapageuse, alla s'asseoir à la terrasse d'un café pour jeunes. Il commanda une grenadine, et prit un grand plaisir à rajouter de l'eau, à voir jouer les volutes alanguies du sirop suspendu dans la lumière blonde, sous le soleil de fin d'après-midi. Il approcha le verre de son œil, clignant de l'autre ; c'était comme une sorte de kaléidoscope où les mouvements des autos, des passants, s'alentissaient dans une tonalité de plus en plus pâle à chaque coulée d'eau neuve — et c'était lui qui maîtrisait la scène, imposait sa couleur, commandait un théâtre de rubis, puis le diluait en rose d'aquarelle.

En repartant, il se dit : « Demain c'est dimanche », et ce mot lui parut très joli. Comme il passait devant le bazar Montaud, un objet l'arrêta. Pourquoi ? C'était un cerf-volant très simple : un oiseau bleu aux ailes déployées sur un fond blanc. On eût dit que les choses l'attendaient ce jour-là : le regard de l'oiseau sur l'affiche, le cri du prisonnier dans sa bulle envolée, cet autre oiseau que rien en apparence ne liait au premier. C'en était fini pour lui d'attendre, de reculer devant la vie. Il entra dans le bazar, acheta le cerf-volant, rentra chez lui avec une hâte nouvelle, l'oiseau de papier sous le bras.

À peine revenu dans son appartement, il y abandonna son imperméable — comment avait-il pu le supporter jusqu'alors, en plein été ? —, délia l'oiseau bleu, redescendit les marches quatre à quatre. Dans la cage d'escalier, on entendait les postes de télévision qui ronronnaient, et des bruits de fourchettes. Il se sentit délicieusement en fraude, pour la première fois.

Au bord du Tarn, les derniers pêcheurs s'en étaient allés. Un petit vent tranquille et chaud soufflait dans les branches des platanes. Le maniement du cerf-volant était très simple. Tout de suite, en courant un peu et en tirant sur le côté, il réussit à le faire décoller. Alors il s'arrêta, dévida longuement le fil autour de la poignée. Déjà son oiseau bleu atteignait la cime des platanes. Un grand bonheur l'habitait doucement, comme au musée ; comme au musée il souriait, se laissait emporter. Dans un ciel un peu mauve, le cerf-volant dansait ; on ne voyait plus rien d'en bas, on pouvait tout imaginer. L'oiseau de papier survolait des champs de neige et des fleurs de pêcher, il frôlait de son ombre ces collines si douces où l'on marchait au ralenti. En regardant très loin on savait presque s'envoler sous la caresse de l'espace. Par petits coups on tirait la ficelle, et ce geste brusque venu de la Terre devenait une ample courbe au bout du fil magique, un vol plané de l'oiseau bleu. On pouvait vivre en amitié avec le ciel, tout oublier, se fondre dans la nuit naissante, et redescendre, effleurer les feuillages, retrouver des parfums. Avec un cerf-volant on écrivait des mots transparents, invisibles et présents comme le souffle du vent chaud au bord de la rivière, l'ivresse de glisser dans un vide très tendre où le temps ne blessait plus. Le soir tombait, M. Delmas était ailleurs, dans le silence du bonheur après tant de silences maladroits. Il soupira, quitta l'oiseau des yeux, relâcha la tension de son bras. Déjà c'était trop tard ; le cerf-volant disparut dans les branches hautes d'un platane. Il eut beau tirer dans tous les sens, il ne parvint qu'à rompre la ficelle. M. Delmas demeura penaud, navré, les yeux rivés sur le faîte de l'arbre. En même temps, une étrange satisfaction montait en lui, comme si c'était une chance nouvelle de pouvoir être triste, de perdre quelque chose, ou quelqu'un — de devenir l'ami d'un oiseau bleu perdu.

Il en rêva, cette nuit-là ; d'autres oiseaux d'étoffe et de papier venaient consoler le prisonnier des branches. Leur chef avait des ailes roses, une tête d'homme sur un corps vert pâle. Il disait lentement des mots qui font du bien ; sa voix emplissait tout l'espace et se confondait avec lui.

Le lendemain matin, il attendit impatiemment

neuf heures pour se rendre chez quelques commerçants. Il acheta des baguettes de peuplier, de la colle pour bois, du coton blanc, du taffetas. Tout le dimanche il s'enferma. En fin d'après-midi, il sortit de chez lui comme un conspirateur, un paquet sous le bras, monta dans sa 2 CV brinquebalante et prit la route de Nègrepelisse. En bordure d'un champ désert il s'arrêta. Pas d'arbres et pas de regards indiscrets, quelques collines à l'horizon ; c'était bien le décor qu'il lui fallait. Son nouveau cerf-volant se fit un peu prier pour s'envoler, en raison de sa taille exceptionnelle — près de trois fois l'envergure de l'oiseau bleu —, mais avec une lenteur très sûre, il répondit peu à peu à l'appel de l'espace. Les rares automobilistes qui revenaient vers Montauban, en cette soirée de dimanche, purent admirer ce spectacle étonnant : un homme corpulent d'un certain âge, seul au milieu d'un champ, courant pour faire décoller un immense cerf-volant. Au milieu du losange de coton blanc, une silhouette gris et mauve écartait les bras comme pour appeler le vent — une silhouette d'homme, en pardessus et en chapeau, dont on n'aurait su dire si elle ressemblait davantage à un bonhomme de Folon ou à M. Delmas lui-même. Le nouveau cerf-volant volait plus calmement que l'oiseau bleu. Paresseux près du sol, et prêt à retomber, il gagnait avec l'altitude une majesté tranquille. Dans le silence presque vertigineux de la campagne il flottait sans battement d'ailes. Un fil de pêche invisible le liait au bras tendu de son propriétaire, seul indice d'effort dans ce dialogue étrange, dans cet accord au-delà des paroles. Une image parlait, un regard l'écoutait. M. Delmas rentra très tard, cette nuit-là.

Les vacances approchaient. Il prenait toujours trois semaines en juillet, confiait son inaction à un voyage organisé, de préférence vers le nord, l'Écosse ou au moins la Belgique. Il n'avait rien prévu cette année-là, et s'en réjouit : pour la première fois, il attendit vraiment le début des vacances.

Le musée Ingres ouvrait à dix heures. Le gardien ne s'étonna bientôt plus de ce visiteur immobile, qui chaque jour interrogeait un tableau différent. M. Delmas pénétrait lentement dans cet univers qui avait aboli pour lui les murs de brique du musée. Dehors il faisait chaud. Le gardien ouvrait les fenêtres sur le Tarn, et des parfums entraient dans les salles désertes du musée. M. Delmas ne sentait rien ; il n'entendait pas la rumeur de la ville, les autos sur le Pont-vieux. Tout ce décor qui autrefois représentait pour lui l'essence même du musée : l'ombre et la fraîcheur chaleureuses de la brique, les courbes des plafonds, la présence immédiate de la ville, et cette perspective au loin, par les fenêtres — tout cela s'était englouti dans un monde léger. Les cadres des tableaux s'effaçaient : plus d'intervalles, plus de frontières, il ne regardait pas. Il marchait, il volait, il nageait, dans une même paix si lente et accueillante.

Chaque tableau venait à lui dans une amicale évidence. Il n'avait pas été surpris par les poissons volant dans l'air, par les oiseaux nageant dans l'eau. Nager dans le vert pâle de l'espace, c'était bien plus doux que de voler ; pas de vertige et pas de solitude — seulement le plaisir, seulement la liberté. Voler dans l'eau, sous la caresse d'algues de velours, habiter d'une coulée si longue l'envers du monde.

On ne se cognait plus à rien dans ce monde pastel. Il avait lu sur le catalogue du musée cette phrase de Folon : « L'aquarelle, c'est un peu de couleur et beaucoup d'eau. » Peu de couleur et beaucoup d'eau ; c'était bien le secret d'une autre vie plus sage et plus facile, peut-être le secret mélancolique du bonheur. Derrière les collines se levait un regard, comme un soleil de fin d'automne sur un ciel d'hiver. Il avançait vers ce regard, vers cet autre lui-même qui l'attendait, au-delà des déserts de sable. Les yeux brûlaient comme aux jours les plus froids de gel et de lumière. À chaque pas vers lui le regard du soleil devenait plus large et plus fort. En bateau dans la nuit on s'approche du port, si lentement. Depuis longtemps déjà on voit le point d'or des lumières de la ville. On ne sent pas la terre s'approcher ; mais la lumière d'or gagne l'espace et s'élargit. Quand on ne voit plus qu'elle, on est à la fin du voyage.

Par des plaines d'opale et des déserts de sable froid, il avait commencé le long voyage. Il s'arrêtait parfois dans une nuit d'un bleu sourd et profond. Il s'allongeait dans son pardessus de béton, le poids du corps posé sur son coude replié, comme un gisant. La nuit n'était plus faite pour dormir, mais pour prendre le temps de voir se dessiner à l'horizon des collines lointaines une ligne rosée, promesse de regard-soleil et de jour à venir, plaisir de l'attente tranquille quand on sait.

Il y avait des villes au milieu des déserts, des déserts au milieu des villes. Il lui fallait longer des cubes de ciment, et des rues vides s'imprimaient sur son corps transparent. Mais peu lui importait la marque de l'espace. De l'autre côté du papier, il deviendrait regard et tout serait à lui, seul spectateur dans un théâtre sans musique.

Il savourait en attendant le plaisir de passer, sans

peser sur les choses, sans se heurter aux lignes étroites de la réalité. Funambule ou marcheur, passant de l'hiver clair ou sphinx de la terre immobile, il s'éloignait. Parfois un cœur battait, sur un fil tendu dans le ciel, un sourire glissait, barque sur l'eau dormante. Mais le vide effaçait ces coups d'épingle douloureux, images dangereuses du bonheur dans la vie, fragile et comme perdu à l'avance. Presque pas de couleur et beaucoup d'eau ; il se répétait les mots qui donnent le courage de continuer plus loin, de passer de l'autre côté.

Des ombres amies volaient, dans les champs de silence, frôlaient sa solitude, le caressaient d'une présence étrange : souvenirs sans paroles, âmes familières, prisonnières dociles d'une forme anonyme. Le corps lourd et l'esprit léger, ceux qu'il avait aimés venaient bouger auprès de lui ; il pouvait presque les toucher, suivre un instant le long sillage de leur vol. Dans l'uniforme gris d'éternité, ces passants de l'oubli avaient perdu leur singularité, le parfum de leurs jours, le goût de leur essence ; ils se laissaient aller, se confondaient, parents, amis, frère mort à la guerre. En pardessus et en chapeau, un peu plus graves dans le jour opaque, ils dansaient pour toujours un ballet envoûtant comme un appel. Déjà M. Delmas glissait de leur côté, rêvait de s'oublier, voulait se laisser faire.

PES

Il découvrait sa ville, et le plaisir des soirs d'été. Les rires clairs des étudiants ne lui faisaient plus prendre la fuite, à la terrasse des cafés. Même l'exubérance des touristes lui devenait sympathique. Il assista aux quatre spectacles de danse, en plein air, sur la place Nationale. Ballets classiques ou modernes, il aima tout de ce langage dont il ne savait rien. Les corps des danseurs écrivaient des ombres chinoises sur les murs, semblaient flotter sur les façades anciennes, au-dessus des cornières. Bien sûr, cela sentait encore la sueur et la poussière, la force musculaire ; bien sûr, il trouvait aux danseurs trop de fixité dans le regard, trop de fidélité à un dessin tracé d'avance dans le ciel de nuit. Mais il regardait le spectacle d'un peu loin, distraitement levait le nez vers les étoiles ; les nuits chaudes étaient venues. Des étoiles filantes traversaient la voie lactée. En bas, des hommes traversaient l'espace à leur manière, un peu plus raide, un peu plus gauche : les plus habiles de ces hommes dansaient sous ses yeux. Leurs gestes étaient très beaux, mais il aurait fallu filmer le ballet, puis le passer au ralenti : les corps allaient trop vite, entraînés par leur poids. M. Delmas dessinait autour d'eux la lenteur sereine d'une aquarelle de Folon, une nuit éternelle, des envols si parfaits qu'ils ne retombaient plus.

Il attendait que tout le monde fût parti, à la fin du spectacle. Alors il quittait enfin les gradins, marchait longtemps dans les ruelles, esquissant çà et là un pas de danse, un entrechat. Son bonheur était solitaire ; de cette aisance si nouvelle qui l'habitait désormais ne naissaient jamais de paroles ; à la terrasse des cafés, sur les gradins du spectacle de danse, il ne s'approchait pas des autres — jamais ils ne lui avaient semblé si lointains. Son corps lui pesait moins, le ciel lui souriait. Mais il pensait souvent au prisonnier de la bulle envolée. Sa différence avait changé de nature et d'espace — il en était plus seul encore.

Son bonheur était triste. Il se sentait si bien dans les rues désertées des nuits tranquilles de juillet, si

bien sur sa planète inhabitée. Il ne se cognait plus à rien dans un monde devenu vide, qu'il n'était pas désagréable de longer, de frôler de ses pas — en rêvant de plus loin déjà.

C'est l'un de ces soirs-là sans doute qu'on le vit marcher sur le parapet du Pont-vieux, avec une facilité déroutante. Une vieille qui prenait le frais sur son balcon l'aperçut, se retint de crier de peur de le surprendre, et, haletante, une main sur la bouche, le regarda s'avancer au-dessus du Tarn, puis au-dessus des promenades, plus de dix mètres en contrebas, les bras en balancier, funambule désinvolte sur la route pour ailleurs.

Dans son appartement, il épingla partout l'affiche de l'exposition. Cet homme-oiseau l'interrogeait dans la veille et le songe. C'était comme une fièvre sourde qui lui rappelait ses maladies d'enfance, quand il voyait grandir les murs, l'armoire de sa chambre. Il fabriquait des cerfs-volants, toujours suivant le même modèle qu'il agrandissait sans cesse. Les bouts d'étoffe, les baguettes jonchaient le sol et les taches de colle constellaient le plancher. Il ne faisait plus le ménage. Un homme-oiseau sur une affiche, de grands losanges blancs, des silhouettes grises et mauves en pardessus et en chapeau : il aimait ce désordre ailé qui ne l'enfermait plus dans son deux-pièces.

Il regardait en l'air. Les feuilles, les oiseaux, les nuages de pluie qui venaient parfois de Bordeaux, le soir les étoiles immobiles, les étoiles passantes. Il se rendit près de Castelsarrasin, à Gandalou, pour voir du vol à voile, car ce nom lui plaisait. Il prit un grand bonheur à voir glisser les planeurs silencieux dans le soleil. Quand l'un d'entre eux eut atterri, il s'approcha. À l'intérieur de l'oiseau, si pur en apparence, il y avait trop de cadrans, de manettes, et une place pour l'instructeur — il valait mieux le suivre d'un peu loin.

Il valait mieux s'envoler de soi-même.

Ce matin-là, il se leva très tôt. Devant sa fenêtre, le moutonnement des toits anciens aux tuiles canal courbes et roses lui parut un appel. Il s'habilla minutieusement, gravement, monta sur la terrasse plate et fade de son immeuble moderne. L'air était bon, de cette fraîcheur d'eau qui précède au matin les journées les plus chaudes. Pas un bruit dans la ville, pas un souffle de vent. Même lumière, même horizon qu'au-delà des déserts de sable. Quelques oiseaux dans l'air, et leurs cris insistants. Juste au-dessous de la terrasse, un toit commençait sous ses pas. Il s'avança. L'air lui sembla plus vif, plus éblouissants les reflets de la brique et du soleil naissant. Il s'avança. Il y avait un œil orange à l'horizon, plus large à chaque pas, plus près du long voyage. Il tomba lentement, sans un cri, d'un coup d'aile...

Où est passé M. Delmas ? Sur le trottoir, on a retrouvé un chapeau, et l'apparence de ce corps qu'il avait quitté peu à peu. Pour quel ciel d'aquarelle a-t-il pris son vol lourd, près de quelle âme familière ? Dans une bulle de savon, dans une terre plus légère, il flotte quelque part...

Le cinq septembre, on a décroché l'exposition.

Panier de fruits

J'ai des millions de lecteurs. « Gorgée de soleil, la pêche jaune est le fruit de l'été. Elle cache, sous sa peau fine et duveteuse, une chair juteuse et fondante. » Oui, c'est de moi, sur le pot de yaourt Yopla. Je vous entends déjà, avec vos réticences. Des millions de lecteurs... Sans doute pensez-vous que le pot file dans la poubelle avant qu'on ait pu lire mes mots délicats... Eh bien, je ne suis pas d'accord. D'abord, laissez-moi vous dire que le nombre des non-lecteurs de livres est bien supérieur à celui des non-lecteurs de pots. Vous savez bien, tous ces livres-cadeaux qui font monter si haut le tirage des best-sellers ? Lisez-vous les livres qu'on vous offre ? Pour moi, j'avoue que non, le plus souvent. Tant de forêts arrachées pour fabriquer de benoîts parallélépipèdes rectangles qui servent de monnaie d'échange ! On vous invite et vous offrez un livre — comme un ticket-repas.

Et maintenant, songez bien au yaourt. Si l'on oublie les mots qui ornent le pot, ce n'est pas qu'on ne les ait pas lus : il y a bien eu ces quelques secondes distraites où l'on s'est évadé pour saisir le pot entre pouce et majeur, et déchiffrer l'étiquette. Mais l'opération s'est faite presque inconsciemment. Preuve que le texte a coulé dans la gorge, pêche jaune ton sur ton. Cette harmonie du mot avec la chose n'est pas pour rien dans la sensation de fraîcheur ensoleillée, de fluidité laiteuse. Disparaître dans la sensation ; c'est une jolie devise poétique.

Mes textes ne sont pas signés, me direz-vous. Certes, on ne m'a pas demandé mon avis à ce sujet, mais je n'en souffre pas. Franchement, je n'aurais pas de plaisir à voir mon nom figurer sur les pots de yaourt. Mon patronyme n'a guère de saveur. Si mes mots s'approchent de la pêche jaune, on pourrait les signer ainsi : Pêche jaune, ou bien : Cocktail de fraises. Tenez : « Craquante et acidulée, la fraise des bois mélangée à la fraise en fait ressortir toute la saveur douce et la consistance moelleuse. » Je ne suis pas mécontent de celui-là. Bien sûr, dans le goût, c'est la fraise des bois qui domine. Ne me demandez pas si un produit chimique intervient là, je l'ignore. Mais je sais que le texte a son importance, dans le cocktail de fraises. Sans lui, on se dirait : « Pourquoi cocktail de fraises ? On ne sent que la fraise des bois ! » Il me semble qu'avec ma « saveur douce » et ma « consistance moelleuse » j'ai redonné mine de rien son équilibre à ce mélange — et vanté sans mentir la grosse fraise un peu fade qui sent tellement moins bon que sa collègue.

Et puis, si vous n'êtes pas convaincu encore, songez que la pêche jaune, le cocktail de fraises ne sont que deux facettes du concept « Panier de fruits ». Là, je ne supporterai pas de restriction. « Panier de fruits » est une trouvaille jalousée par l'ensemble de la concurrence, c'est tout dire.

Je revois encore cette réunion de travail où tous les gens du marketing Yopla s'étaient réunis. Il fallait une idée fraîcheur, nature, mais sans tomber dans les stéréotypes grand-mère, verger, vie d'autrefois. Duval avait proposé « Saveur des champs », et Dupont-Lachaume, le P.-D.G., avait eu une petite moue accompagnée d'un balancement de tête — trop convenu, banal, vu cent fois. Dumontier — ce pauvre Dumontier — croyait mieux faire avec son « Douceur-soleil », mais

Dupont-Lachaume l'avait vite renvoyé dans son coin :

— Dumontier, mon vieux, soyons sérieux ! Je ne vous demande pas une chanson d'Alain Souchon. Du contracté, du vrai, mais pas de l'elliptique. On s'adresse au grand public !

Moi j'étais là, vaguement en marge. Mon statut indécis d'écrivain-publiciste, payé à la pige, me donnait un rôle un peu extérieur. Et tout d'un coup j'avais lancé : « Panier de fruits. » Au désappointement de Duval et de Dumontier, j'avais senti tout de suite que c'était gagné.

— Panier de fruits ! Panier de fruits ! Mais oui, trois fois oui, Panier de fruits !

Il en mangeait déjà, Dupont-Lachaume.

— Bon sang, c'est juste ça ! Ça arrive sur la table, produit du marché, couvert de rosée, ça n'a transité nulle part. En même temps, ça ne fait pas ringard... L'absence d'article ! Très importante, l'absence d'article. « Le panier de fruits », ça serait nul. Mais « Panier de fruits », c'est génial. Messieurs, je crois qu'on va pouvoir décliner ça tout à notre aise. Panier de fruits !

Ce jour-là, je dois le dire, mon rapport avec le langage fut bouleversé. Vingt mille francs pour trois mots. Dupont-Lachaume s'était-il montré trop généreux ? Je ne saurais l'affirmer. On m'a dit depuis — sans doute pour me faire de la peine — que ces trois mots avaient rapporté des millions à Yopla. Il n'empêche. Vingt mille francs pour trois mots, cela changeait quelque peu mon échelle de valeurs. Deux ans auparavant, j'avais touché une avance de six mille francs pour un premier roman qui m'avait coûté deux ans d'écriture, trois ans d'envois par la poste, beaucoup d'espoirs et de mélancolie. Un an après la parution, quand je m'étais enquis de mes droits d'auteur, on m'avait expliqué que mon à-valoir restait acquis malgré un solde débiteur — à l'évidence, j'étais loin d'avoir vendu pour six mille francs de ce meilleur de moi dont l'accouchement me donnait encore la nausée.

Et voilà qu'en regardant distraitement le brouillard de novembre par la fenêtre, j'avais prononcé du bout des lèvres trois mots à vingt mille francs. Trois mots édités bientôt à des millions d'exemplaires, avec une espèce d'éclat anonyme dont je me sentais délicieusement propriétaire.

Je dois dire que j'ai fréquenté les hypermarchés, les mois qui ont suivi. Avec une volupté consommée, je ne me précipitais pas vers le rayon laitage. Je poussais mon caddie, respectant au plus près la logique de ma petite liste de commissions. Devant la poissonnerie cependant, j'avais beau faire semblant de m'extasier sur la fraîcheur des langoustines allongées sur glace pilée, un frisson me chatouillait déjà l'échine — j'étais tout près. Les packs « Panier de fruits » s'étalaient à ma gauche, sur deux mètres de largeur — s'étalaient davantage que le plus vendu des Sulitzer. Leur conditionnement n'avait rien de bien particulier — couleurs trop vives, presque criardes des fruits dessinés à l'ordinateur, avec une espèce d'hyperréalisme glacial. Non, ce qui comptait, c'étaient ces trois mots bleu pâle qui menaient à haute bride le dynamisme du concept. Une fois, j'ai même entendu une de ces mères de famille bedonnantes sanglées dans un collant chamarré (c'est fou ce qu'il y en a dans les hypermarchés) demander à sa fille, au regard hébété de buveuse de Coca-télé :

— T'en as pris, des paniers d'fruits ?

Oh, bien sûr, je vous vois déjà vous rengorger devant la qualité littéraire de mes consommateurs. Mais sachez que je n'éprouverai pas la moindre honte à voir ma prose saluée par une grosse mémère en collant. Non, c'était pure jubilation. J'imaginai la scène au soir, sous le néon cuisinal, après les biscottes de poisson pané :

— Prends les paniers d'fruits, y sont dans l'frigo !

Et là, bien sûr, fasciné par le regard de Claire Chazal, on n'avait pas pris le temps de lire tous mes délires poétiques ; mais quand même, ce qu'on se fourrait dans le gosier d'une cuillère aveugle, ce qu'on dévorait avec des yeux pleins de concupiscence, laissez-moi rêver que ce n'étaient pas les corps déchiquetés de l'attentat à Tel-Aviv, mais bien un Panier de fruits — mon Panier de fruits.

— T'en as pris, des paniers d'fruits ?

Qui dira le pouvoir syntaxique des mémères en collant ? Du jour où le nom propre se transforma en nom commun date pour moi un sentiment de possession du monde. Discret, modeste en apparence. Mais d'un orgueil pervers : un triomphe d'écrivain.

PANIER de FRUITS
PANIER de FRUITS
CREME de
PELA

Dès lors, je le confesse, il me fut souvent pénible de prêter ma plume aux laborieuses arabesques que l'on commença à me réclamer çà et là. La campagne « Panier de fruits » n'était pas pour rien dans la reconnaissance souterraine, le bouche-à-oreille qui me valurent bientôt des coups de fil sur mon répondeur. J'étais solide. On pouvait me confier sans crainte l'exaltation de tout produit alimentaire. Bien sûr, j'acceptai toutes les commandes, de la margarine au rosé de Bandol ; c'était si bon de devenir mercenaire. Mais il ne s'agissait plus de fulgurance, de révélation laconique. Il fallait à présent faire joli, lyrique et voluptueux. Davantage de mots et moins d'argent, bien sûr. Mais on n'écrit pas impunément « Panier de fruits ». Au fond de moi, je jouai le jeu dans l'espoir d'un autre miracle, un jour...

En attendant, il fallait revenir à une écriture moins svelte, à un empâtement presque louis-philippard. C'était de la littérature à l'estomac pour cervelles moyennes. Pour emporter l'adhésion du commanditaire, il suffisait de l'épater avec un peu d'emphase romantique. Un reste d'exigence me faisait regretter le trop dégoulinant, le stuc tout à fait toc. Mais que de concessions quand même. Que de « léger, mais fruité cependant », que de « fraîcheur teintée d'une discrète amertume », que de « générosité née d'un terroir fier et sauvage »... Dans ce registre-là, je suis prêt à le concéder : les vrais lecteurs du dépliant complet sur le blanc de Saumur ne doivent pas être nombreux.

Mais certaines propositions me redonnaient du goût à l'encre, celles où l'on me laissait les coudées plus franches. Ainsi me sentis-je ragaillardi par une campagne sur le vin d'Alsace. Il s'agissait de jouer en camaïeu, de subtiliser en dégradés infimes : bref, de couvrir la palette qui va du riesling au muscat, du plus sec au plus doux, sans oublier le petit feu d'artifice du crémant.

Je ne crois pas avoir été brillant sur aucun des cépages. « C'est à tort que l'on ignore outre-Vosges le muscat d'Alsace. Ses deux syllabes mènent à la franche douceur d'une richesse moins fumée que celle du gewurztraminer, qui n'a pas sa pareille pour multiplier l'arôme du kugelhopf ou de la tarte aux myrtilles. » Vous voyez le genre. Non, le plaisir ne venait pas d'un sentiment de réussite littéraire. Mais c'était bon de se sentir comme un chef d'orchestre imposant à chaque instrument les nuances de sa partition. J'étais aux commandes. C'était à moi de définir la couleur d'un cépage en lui prêtant ce qui manquait à son voisin. Bien sûr, je savais que le commerce situait chacun d'eux dans une hiérarchie sans équivoque où le gewurztraminer triomphait, où le sylvaner occupait la fin de la liste. Mais à vanter tour à tour le pinot blanc, le pinot noir ou le rouge de Saint-Hippolyte, à les situer chacun bien à sa place dans un ensemble qu'ils suscitaient par leurs singularités complémentaires, je me sentais devenir philosophe. Il n'y avait pas de meilleur ou de moins bon, mais simplement des secs et des sucrés, des mats et des brillants, des rêches et des moelleux — et puis des juste un peu moins rêches, des presque plus moelleux, des à peine moins secs. Bref, les vins d'Alsace étaient des types, des essences, des métabolismes. Pendant que je dessinais leur caractère, je me sentais curieusement devenir plus tolérant avec les humains.

Il faut dire que le petit voyage en Alsace offert par le Comité de tourisme n'inclinait pas à la misanthropie. Logé dans une auberge-winstub de grès rose à Kinzheim, sur la route des vins, j'avais découvert les Vosges noyées dans la brume, à la Toussaint. Quelques pas vers la montagne, au-dessus des vignes, et l'on rejoignait bientôt un grand ciel bleu posé sur les couleurs d'automne. J'avais marché longtemps le long des sentiers balisés, dans cette luminosité à la fois éblouissante et douce. Et puis, le soir, autour du pressoir de René Koenig, il y avait la tradition du vin nouveau avec les noix. J'écoutais vaguement le fils Koenig me parler de son miel, de ses abeilles. Plongé dans une hébétude approbative, je me sentais devenir buveur d'instants, voleur de sensations — braconnier du plaisir.

Tout passe, hélas, et change de saveur. Mes premières ivresses gustatives m'avaient rendu gourmand et débonnaire, enclin à la mansuétude. Elles se changèrent bientôt en aigreurs d'estomac. Vivre d'un travail alimentaire voué à l'alimentation a sans doute quelque chose d'intrinsèquement pervers — j'eus bientôt du mal à l'avaler.

Le malaise me vint par les fromages à pâte blanche. A priori, cela tenait de la gageure : il fallait exalter le goût de fromages qui n'en avaient pas. Classique, me direz-vous. Certes, le roquefort, le cantal fort ou le vrai brie se passent de... mots. Le territoire fromager des publicistes commence avec cette famille indistincte, qui peut tenir au mieux du coulommiers aseptisé, et dont les couleurs, du blanc cassé au léger crème, annoncent déjà la fadeur. Un double avantage leur reste toutefois : d'une part les enfants, réfractaires aux arômes trop faisandés, les supportent ; et de l'autre on en mange beaucoup sans presque s'en apercevoir. On les distingue par leur nom, la forme de leur boîte... et quelquefois par leur campagne de publicité.

Le malheur voulut qu'en peu de temps j'eusse pour tâche de rendre incomparables trois de ces produits lavasses interchangeables. Petit sourire au début, satisfaction matoise du vieux professionnel prêt à peloter voluptueusement la quadrature du cercle. Et puis début d'écœurement devant l'inanité coupable de tout ce verbiage hypocrite. J'étais censé exalter le plaisir, et n'en éprouvais plus aucun. Restait ce gagne-pain accompagné de fromage à pâte molle. Le dégoût me saisit. À la jubilation du manipulateur invisible se substituait désormais la solitude du truqueur triste.

METROPOLITAIN
Merci

Il fallait rompre avec l'alimentaire. Je gardais cependant la nostalgie de « Panier de fruits ». Dans l'océan des goûts dénaturés, le produit lacté préservait une certaine pureté sucrée. Je conçus une véritable jalousie le jour où Noya lança sa campagne la plus elliptiquement triomphale. Sur le grand panneau publicitaire, juste à la sortie du métro Sèvres-Babylone, au début du printemps, ce dessin tout juste allusif d'un bon visage de grand-mère et ces seuls mots assassins : « Merci qui ? »

Pas un mot de plus, et surtout pas le nom de la marque ! Cette trouvaille prit pour moi le goût d'un camouflet. Merci Mamie Noya. Mais il faut être beau joueur. J'aurais donné cher pour trouver ce clin d'œil qui reléguait au rang des standards ringards mon « Panier de fruits » naguère si convoité.

Impossible de faire mieux dans la complicité médiatisante. Mon orgueil blessé sentait qu'il fallait trouver autre chose, sur un autre plan. Quelques nuits blanches fortement tabagiques me conduisirent vers la révélation, le point d'orgue de ma carrière alimentaire.

Ce matin-là, c'est avec une confiance retrouvée que je tambourinai à la porte du bureau de Dupont-Lachaume, tandis que sa secrétaire essayait en vain de m'éconduire.

— Deux mots ! Je vous demande seulement de m'accorder deux mots !

Dupont-Lachaume avait relevé ses lunettes sur son front, tandis qu'un geste évasif de sa main droite indiquait à Mlle Georgette qu'il se chargeait de l'importun. Mon passé glorieux le contraignait à tendre au moins l'oreille. Je crois pourtant que l'audace de ma proposition le désarçonna quelque peu. Mais j'aurais renversé des montagnes, ce matin-là. Presque allongé dans son fauteuil pivotant, Dupont-Lachaume passa bientôt du regard dubitatif au sourire incertain. Les commissures de ses lèvres se détendirent enfin. J'avais gagné.

« Le bien. » Oui, c'étaient mes deux mots. Le bien. Je voyais une jeune femme très mince, mais discrète, plus danseuse sérieuse que star glamour. Entièrement vêtue de blanc, justaucorps et collant, elle était accroupie dans la position du lotus, les yeux fermés, sur fond de feuillage vernissé. Dans le ciel, au-dessus d'elle, les mots magiques. En tout petits caractères, au bas de l'affiche : Yopla.

« Le bien. » Là, j'atteignais une dimension nouvelle. Je sublimais l'alimentaire, lui donnais une connotation morale, je dirais même philosophique. Le bien. Être bien, évidemment. Mais la symbolique du blanc, la position initiatique, le vague orientalisme du feuillage dépassaient la plénitude physique, et dérivaient allégrement vers une ambiguïté céleste. Consommation du bien, bien de consommation. Le support avait son importance ; je n'aurais pas pu en faire autant chez Olida. Mais là, on sentait déjà couler dans les veines graciles du modèle la pureté rédemptrice des blancheurs Yopla.

C'était même au-delà. Une bonne campagne publicitaire, bien sûr, dont Dupont-Lachaume fit son profit. Mais pour moi, plus encore : un message anarchique, voire même sulfureux. Le bien changeait d'essence, le physique empiétait sur le moral, et faisait reculer son territoire. La jouissance que j'éprouvais à voir fleurir « Le bien » sur les trottoirs parisiens était celle d'un démiurge. En deux mots, je cristallisais les vibrations les plus secrètes d'une société décadente, dont la spiritualité fatiguée venait chercher aux barres des gymnases un rêve d'harmonie universelle. Plus de haut ni de bas, plus de corps ni d'esprit : une onde de yaourt Yopla, le bien fœtal conquis.

Le reflet d'une époque. Ma *Comédie humaine*. Vingt tomes pour Balzac : deux mots m'avaient suffi.

yopla
Le bien

J'en avais bien fini avec l'alimentaire. Le mieux est l'ennemi du bien : je ne pouvais plus avancer. Et puis, tutoyer les hauteurs oxygénées de la philosophie, c'était enivrant, mais pas assez dans ma nature. Je rêvais à présent d'une activité de plume plus ludique : c'est ainsi que j'entrai à *L'Équipe*.

Mes compétences sportives ne me prédisposaient guère à emprunter cette nouvelle voie. Du slogan commercial au journalisme sportif, il y avait plus qu'un pas. Ce qui me poussa vers ce grand écart ? J'avais gardé le souvenir de brillants chroniqueurs, Antoine Blondin, Robert Parienté, des noms qui ne faisaient pas seulement autorité en matière de cyclisme ou d'athlétisme, mais revenaient régulièrement dans les colonnes des magazines littéraires. *L'Équipe* était liée pour moi à un mélange de lyrisme et d'insolence, à une certaine truculence néo-gasconne. Les titres des articles jouaient un rôle important dans ce sens du panache. Je me rappelais une manchette : « Le bonheur de s'appeler Lux quand c'est samedi de lumière », qui n'avait pas fait dans la dentelle pour fixer dans les consciences une certaine après-midi ensoleillée de France-Angleterre. À l'inverse, quelle mélancolie dans le « Si près du paradis » succédant à la défaite de la France contre l'Allemagne en demi-finale de la Coupe du monde de football ! Cela, c'était pour l'épopée. Mais il y avait aussi des jeux de mots un peu tirés par les cheveux, un esprit maison complice et bon enfant.

Il faisait chaud, cette après-midi-là. Un de ces jours d'été où l'on peut sans remords tirer les persiennes et s'avachir devant son poste de télévision — regarder le Tour de France n'est pas une faute : presque un devoir. Le petit grimpeur italien Pantani gravissait les dernières pentes de l'Alpe-d'Huez, englué dans une haie de supporters dépoitraillés, arroseurs inconséquents, casquettés Ricard, déguisés fluo-cyclistes. Le titre m'était venu tout de suite : « L'étape, l'étape, oui mais c'est Pantani ! »

Une trouvaille, assurément. Ma vanité d'auteur me poussa à téléphoner au siège de *L'Équipe*, à Issy-les-Moulineaux — j'avais trouvé le numéro dans un coin du journal. On me passa un spécialiste, d'abord goguenard amusé, puis vaguement intéressé. Son « Je vais transmettre » me laissait peu d'espoir.

Aussi, quel plaisir, le lendemain matin, de voir fleurir en bandeau rouge mon jeu de mots pâteux sur le présentoir de la Maison de la Presse ! Je rappelai Issy-les-Moulineaux. Issy-les-Moulineaux ! Comment imaginer dans une suburbaine et fonctionnelle asepsie le quotidien héritier de *L'Auto*, à jamais attaché à la rue du Faubourg-Montmartre, à ces ardoises devant lesquelles se pressaient les badauds parisiens — on y lisait à la craie le classement de l'étape, chaque soir ?

On allait me payer pour mon titre, bien sûr. Oh, je ne devais pas m'attendre à des merveilles, et surtout pas à ces ponts d'or offerts par la publicité ! On fut sceptique quand je proposai une participation régulière. Mais le début du championnat de football me fournit bientôt une occasion de confirmer. À la surprise générale, Bastia caracolait en tête du classement, avec une équipe a priori modeste, dans laquelle le milieu de terrain Faye brillait de mille feux. Je proposai : « Bastia en tête : un feu de paille, ou un peu de Faye ? »

Cette contrepèterie facile m'acquit définitivement la confiance du rédacteur en chef, que je ne rencontrai jamais. Particulière à l'époque, cette façon de transmettre des messages, de « travailler » (?) sans que la présence physique ne soit jamais requise ni souhaitée. Je m'en accommodais très bien. D'abord, Issy-les-Moulineaux... Et puis, c'était plus excitant de tirer les ficelles des mots dans mon petit deux-pièces, et de les voir se répandre sur les trottoirs comme par magie.

Mais j'étais devenu un drogué du langage concentré. Chaque domaine nouveau m'était d'abord un baume. Puis venait, et de plus en plus vite, le désir de réussir le coup parfait, avant de passer à autre chose. La Coupe du monde de rugby fut à la fois l'apogée et l'épilogue de ma période sportive. L'équipe de France avait failli se qualifier pour la finale, après un match courageux mais un peu poussif contre l'Afrique du Sud, sous un déluge de pluie. Il lui restait le match pour la troisième place, contre l'Angleterre. Plus qu'un baroud d'honneur, tant l'adversaire était atavique ! Mais on attendait autre chose, un déploiement de jeu à la française, avec des trois-quarts enfin libérés. Le résultat importait assez peu. À la veille de ce rachat espéré, je fournis ce qui reste à mes yeux la plus aboutie de mes trouvailles : « Emballez, c'est pour offrir ! »

LE BAOBAR
CAFÉ
BRASSE
es bleus p
des boss
craquante et acidulée
la fraise des bois
la fraise en fait ressortir
UN FEU DE PA
OU UN P
oui mai
est pour offrir
emballez
du Gewurztramin
n'a pas sa pareil

À Issy-les-Moulineaux, on comprit assez mal que je veuille en rester là. Une belle carrière s'ouvrait à moi dans une fonction jusque-là inexistante, dont mon obstination avait forcé les contours : titreur. Tout me poussait à continuer. Mais emballez, c'est pour offrir : j'avais atteint mon seuil d'incompétence.

Déjà, je rêvais d'autre chose. Ma plume avait vagabondé jusque-là sans aucune logique. D'un premier roman très pur, j'étais passé à la compromission alimentaire de « Panier de fruits », sublimant tant bien que mal cet épisode de ma vie avec le « bien » Yopla. Puis j'avais caressé dans le sens du poil l'enthousiasme infantile des lecteurs de *L'Équipe*. Quelle unité dans tout cela ? Le sentiment d'avoir gagné pas mal d'argent chaque fois que je n'avais rien à dire, et d'en avoir presque perdu quand j'approchais d'un peu de vrai.

Du cynisme, oui, mais affadi par l'amour-propre. Après tout, je restais fier de ma fraise des bois, de l'opportunisme de mes calembours sportifs. Je n'avais pas encore écrit de quoi me mépriser tout à fait — en serais-je jamais capable ?

Dupuytrin, une de ces vagues relations nouées dans la bonhomie alcoolisée des cocktails publicistes, m'avait livré tout récemment cette révélation :

— Oui, mon vieux, vingt bâtons ! Vive la Sacem ! Cette chanson-là, j'te mens pas, j'ai dû mettre deux heures pour l'écrire !

Il s'agissait d'un texte sirupeux pour chanteur gominé-cucul la praline-latino-sentimentalo-pasta-mamma-tutto la familia — enfin, de quoi faire pleurer au féminin toutes les banlieues de Marseille. Dupuytrin fredonnait les vers en s'esclaffant dans son Americano :

— Mais oui... !

« Napolitaine
Ta vie sera la mienne... »

Tu ne vas pas me dire que tu n'as jamais entendu ça !

J'avais entendu. Pour l'heure, je restais gourd, le regard perdu sur tous les petits trous brunâtres dont la braise gitanesque avait constellé la chemise du collègue. Vingt bâtons. La chanson dont Dupuytrin avait écrit les paroles n'était pas un « tube ». On l'entendait gentiment à la radio une ou deux fois par semaine. Combien de « bâtons » pouvait donc rapporter un vrai succès ?

Bien sûr, je connaissais les phrases lâchées de temps en temps à la télévision par ces gros messieurs cramoisis à cigare qui avaient composé les chansons les plus vendues (pourquoi les interrogeait-on toujours à la fin d'un bon repas ?) :

— Le succès, ça ne se commande pas. S'il y avait une recette, ça se saurait !

L'idée me laissait sceptique. Je connaissais encore bien mal le monde démoniaque du showbiz, mais une loi me semblait fonctionner sans trop redouter d'exceptions : plus c'était nul, mieux ça marchait. De toute façon, les bons chanteurs n'avaient pas besoin de mes paroles. Et quant aux autres...

Il fallait faire mieux que Dupuytrin. Je ne saurais dire que je réussis du premier coup. Mes premiers textes, quoique ineptes, restaient prisonniers d'une certaine tenue formelle. Mais je me sentis bientôt glisser délicieusement vers le pire. Un jour, je sus que j'y étais. Si je pouvais fourguer ça, tous les espoirs étaient permis. Il y avait tout : ça pouvait fonctionner pour les boîtes de nuit, pour les baptêmes, pour les petites beuveries occasionnelles — c'était tout à fait dégoûtant. Peu importaient les couplets, conçus pour être noyés dans l'entrechoquement des verres, les fous rires des donzelles et les criailleries salaces. Mais le refrain affirmait sans crainte :

« À à à la file indienne
Derrière la Germaine
Tous en rang d'oignon
Derrière la Louison. »

C'était tellement trop qu'on pouvait même la prendre au second degré si on voulait — ça risquait de passer aussi sur France Inter.

Un producteur ne tarda pas à s'intéresser à ce petit chef-d'œuvre. Je m'étais bien gardé de faire allusion à mes débuts littéraires. Mais l'évocation de mes succès publicitaires m'avait vite fait prendre au sérieux. On cherchait précisément un « produit » pour un chanteur atypique, du genre antistar : cinquante ans, l'air débonnaire, le béret sur la tête ; pour un peu, on lui aurait glissé une baguette sous le bras. Son nom de scène fleurait bon la dérision franchouillarde : Zébu !

Mes relations personnelles avec Zébu furent des plus courtes (une poignée de main chez l'éditeur le jour de la signature du contrat). Mais ma reconnaissance lui est acquise pour l'éternité. Car Zébu porta bientôt au plus haut des hit-parades, au plus profond des communions plantureuses et des bals ringards mes vers impérissables. Sur une musique accordéoneuse renforcée par un solide battement rythmique — le genre de pulsation cardiaque qu'exhalent les petites G.T.I. rouges aux vitres ouvertes — on entendait surtout le halètement initial « à... à... à... » puis le nom de Germaine, livré à la complicité gaillarde, à l'émoustillement narquois.

En moins de trois mois, je devins plusieurs fois millionnaire. Deux ans plus tôt, j'étais stupéfait d'encaisser vingt mille francs pour « Panier de fruits ». « À à à la file indienne derrière la Germaine » me rapporta, droits phonographiques, vidéographiques, radiographiques et de copies privées réunis, la coquette somme de trois millions cinq cent huit mille six cent cinquante francs, Agessa comprise. Une feuille de Sacem peut se révéler plus délectable qu'un coulis de framboises.

Une feuille de Sacem, c'est comme un pacte avec le diable. Ma chanson favorisait la consommation du mousseux, la familiarité poisseuse. Avec ses droits, je m'achetai un château romantique, noyé dans les brumes du Cher.

Depuis... j'écris, sur les bancs esseulés de mon domaine, au long des allées cavalières. C'est là ma rédemption, peut-être. J'écris mon deuxième roman. Il me fait mal, il est très long, il ne sera jamais fini, peut-être. Au début, je croyais l'écrire pour moi. Mais ça n'est jamais vrai. J'écris pour un lecteur. Un seul. Mais celui-là...

Bécon-les-Bruyères, août 96 —
Soligny-sur-Cher...

Librio

280

Achevé d'imprimer en France par Aubin
en juillet 2008 pour le compte de E.J.L.
87, quai Panhard-et-Levassor, 75013 Paris
Dépôt légal juillet 2008
EAN 9782290011539

Diffusion France et étranger : Flammarion